同义反复

[俄罗斯]德拉戈莫申科 著
刘文飞 译

译林出版社

图书在版编目（CIP）数据

同义反复：汉俄对照/（俄罗斯）德拉戈莫申科著；刘文飞译．—南京：译林出版社，2017.10（2018.4 重印）
（镜中丛书）
ISBN 978-7-5447-6913-6

Ⅰ.①同… Ⅱ.①德… ②刘… Ⅲ.①诗集 - 俄罗斯 - 现代 - 汉、俄
Ⅳ.①I512.25

中国版本图书馆 CIP 数据核字（2017）第 086681 号

著作权合同登记号　图字：10-2013-243号

同义反复［俄罗斯］德拉戈莫申科 / 著　刘文飞 / 译

责任编辑　吴莹莹
装帧设计　韦　枫
责任印制　颜　亮

出版发行　译林出版社
地　　址　南京市湖南路 1 号 A 楼
邮　　箱　yilin@yilin.com
网　　址　www.yilin.com
市场热线　025-86633278
排　　版　南京展望文化发展有限公司
印　　刷　恒美印务（广州）有限公司
开　　本　889 毫米 ×1010 毫米　1/32
印　　张　5.375
插　　页　4
版　　次　2017 年 10 月第 1 版　2018 年 4 月第 2 次印刷
书　　号　ISBN 978-7-5447-6913-6
定　　价　58.00 元

“镜中丛书”总序

自2010年起，由我主持的“国际诗人在香港”项目，每年邀请一两位著名的国际诗人，分别与优秀的译者合作，除了举办诗歌工作坊、朗诵会等一系列诗歌活动，更重要的是，由香港牛津大学出版社出版双语对照诗集的丛书。到目前为止，已有八位应邀的国际诗人和译者合作出版了八本诗集，形成了一个小小的传统。这套丛书再从香港到内地，从繁体版到简体版，由译林出版社出版，取名为“镜中丛书”。按原出版时间顺序，包括谷川俊太郎、迈克・帕尔玛、德拉戈莫申科、盖瑞・施耐德、阿多尼斯和特朗斯特罗默的六本诗集。

与此并行的是“香港国际诗歌之夜”——自2009年起创办的香港国际诗歌节，每两年一届。这两个诗歌项目交织互补，为香港提供独特的文化平台，进一步形成汉语诗歌与国际诗歌的双重推动力。

这套丛书的设想基于以下考虑：首先，在国际诗人与汉语译者的文本互动之中，跨越语言的边界；其二，对多语种的译者提出挑战，为丰富现代汉语提供新的品质及方向；其三，在国际诗人、译者和读者之间，在文本对应与参照中，构成某种内在张力，激活一连串语言内外的连锁反应。

这套丛书首先面对的是院校外语专业的大学生，以及初学或精通外语的读者，当然也包括学者、译者和诗人同行。

“镜中丛书”是我和同行合作编辑出版的中英、中法等一系列双语对照诗集丛书的“兄弟姐妹”，共同组成了一个国际诗歌的“大家庭”。诗歌是人类精神家园的保证，也是一个民族苦难中的幸运。

北岛

2015年7月21日

德拉戈莫申科

目录

译者前言

德拉戈莫申科的诗很难读，甚至读不懂；德拉戈莫申科的诗也很难译，甚至无法译。

德拉戈莫申科被视为俄国“语言诗歌”的最突出代表。所谓语言诗歌，作为一个诗歌运动兴起于20世纪70年代的美国，代表人物有罗恩·西利曼、林恩·哈吉莲、迈克·帕尔玛、路易斯·朱科斯基、查尔斯·伯恩斯坦、巴雷·华顿、鲍勃·佩雷尔曼、贝纳黛特·迈尔、苏珊·豪伊、雷·阿曼特朗特等，他们曾创办诗刊 *This* 和 *L=A=N=G=U=A=G=E*。该诗派将诗歌创作的重心置于诗的语言，让诗的语言“自行其是”，自动产生或曰授予新的意义，他们试图借此向读者提供一种与诗歌文本沟通的新途径。他们解构诗作，抹去意义，以便给读者腾出更大的理解空间和创造余地，让读者更深入地介入诗歌文本，参与诗歌创作。罗恩·西利曼的《新句子》（“The New Sentence”）

一文被视为该派宣言，林恩·哈吉莲在其文集《问询的语言》(*The Language of Inquiry*) 中的一段话，可以在一定程度上帮助人们理解该派的诗歌观念：

> 语言什么都不是，而仅为意义，意义什么都不是，而仅为一连串的语境。这些语境很少融为意象，很少成为术语。它们是过渡，是转化，是本义向关系的无尽辐射。

了解一点美国的语言诗歌，再来看其“俄国版本”德拉戈莫申科，便可感觉到两者间的相近或曰吻合。德拉戈莫申科的“同义反复”，与其说是指一种修辞手法或逻辑证明，莫如说是指一种诗歌立场或美学态度，即一切诗歌都是意义的重复，而不同的人方式不同的意义重复，便构成了诗歌创作的本质、价值和意义。德拉戈莫申科的诗，是一种表述形态向另一种表述形态的急速过渡，每一个句子都会脱离“有目的的话语预设”，脱离前句设定的话语立场，每一个下一行都要竭力挣脱惯常的句法和语义巢穴。德拉戈莫申科的诗是反浪漫、反抒情的，它拒绝线性的、富有旋律的诗歌展开，而将情态分配给一系列离散的瞬间，其动态构造欲使意义位移的速度达到能使其毁灭的程度，试图通过这种为“爆炸逻辑”所掌控的写作，提供更多的“他者可能性”。这不是关于意义和实质的诗，而是关系之诗，过渡之诗，无尽的质变之诗。诗中的比喻构成一个个无法解答的形象，一个个语言悖论，唤起读者去期待一个个迫近的谜底和发现。但与此同时，它又拒绝形式的慰藉，拒绝趣味的一致，拒绝美，始终在解构传统的诗歌内容和形式。

就诗歌传统而言，德拉戈莫申科无疑直接源自美国的语言诗歌，他长期在美国高校讲学、写作，与美国语言诗歌同仁们或互译或唱和，早已成为语言诗派的重要一员。但是，他的语言诗歌也具有鲜明的俄国特征，有俄国研究者称，他的诗歌不仅是对“意识流”、超现实主义者的“自动写作”和弗洛伊德的“自由联想”等的借鉴，而且更是对巴赫金的“复调”、“对话”和“外在性”理论的诗歌实践，是对瓦济诺夫和维坚斯基等人首倡的“语音中心主义”的创造性继承。

阿尔卡季·特罗菲莫维奇·德拉戈莫申科 1946 年 2 月 3 日生于德国波茨坦，童年和青少年时代在乌克兰文尼察市度过，1964 年进入文尼察师范学院语文系学习，1969 年再入列宁格勒戏剧音乐电影学院戏剧学系，毕业后在斯摩棱斯克和列宁格勒的剧院任文学编辑。与20世纪中后期大多数具有现代派追求的文学艺术家一样，德拉戈莫申科的文学生涯亦始自对西方文学的翻译。从20世纪70年代起，他参与编辑文学刊物。直到1985年，他才开始在正式报刊杂志上发表文学作品。直到1990年，他的第一部诗集《天空的应和》(*Небо соответствий*) 才由列宁格勒苏联作家出版社出版。他这一年已满44岁，对于一位诗人而言，这样的“面世”似乎太晚。但是随后，他的俄语、英语诗文集却一部接一部在俄、美出版，如《描述》(*Description*, 1990；*Описание*, 2000)、《克谢尼娅》(*Xenia*, 1993；*Ксения*, 1993)、《猜疑》(*Под подозрением*, 1994)、《中国太阳》(*Китайское солнце*, 1997；*Chinese Sun*, 2005)、《在被取缔之河的岸边》(*На берегах исключенной реки*, 2005)、《冷漠》(*Безразличия*, 2007)、《尘埃》(*Dust*, 2008)、《POP 3》(*POP 3*, 2009) 和《同义反复》(*Тавтология*, 2011) 等。他还编译有《美国当代诗选》和《新西兰诗选》。自20世纪80年代起，德拉戈莫申科先后任教于俄、美多所大学，如圣彼得堡大学、加利福尼亚大学圣迭戈分校、纽约大学布法罗分校等。他目前定居圣彼得堡。

这里的近五十首诗选译自德拉戈莫申科的最新诗集《同义反复》，这部近五百页的诗集，也是诗人先前出版的多部诗文集之集大成者。俄国人写诗爱用“无题”，德拉戈莫申科亦不例外，原诗无题者，译者均以该诗首行作题，但加以省略号，以示区别。面对这些语言诗作，译者只好采用“直译”手法，有时甚至是“瞎译”，因为译者自己在译完一首诗后也往往不解其中所云。但译者相信：自己不懂的诗，他人未必不懂；今人不懂的诗，后人未必不懂。译者猜想，这或许是一部为少数知音和众多后人而作的诗集。

感谢北岛兄远邀译者翻译此诗集！感谢阿尔卡季·德拉戈莫申科在译者翻译过程中给予的诸多帮助！

刘文飞

2011 年 6 月 12 日于京西近山居

同义反复

德拉戈莫申科诗选

LUDWIG JOSEF JOHANN

Витгенштейн давно в раю. Вероятно, он счастлив,
поскольку его окружающий шелест напоминает ему
о том, что шелест его окружающий говорит ни о чем,
но и не предъявляет того, что надлежит быть «показано».
Мучительно, поскольку никак не вспомнить

Какую-то фразу.

Неприятно еще потому, что разум не в состоянии

«схватить»

границу между absorption и знанием поглощения.
Erfassen.
Фраза забыта, однако он знает, что ее знают все,
причем они тоже забыли, более того, даже не знают, о том,
что она, не возникая в раю, обречена появлению, —если
рай, как полнота языка, постоянен в стремлении
за собственные пределы, фраза обещает лишь форму,
т.е. тень вне источника света, но между тем
забвение модально, оно расслаивается и образует
пространство, в котором что-то определенно известно.

同义反复

LUDWIG JOSEF JOHANN[1]

维特根斯坦早已在天堂。他大约幸福，
因为环绕他的嗡嗡声提醒他，
环绕他的嗡嗡声无任何内容，
但也未说明什么该被“展示”。
痛苦，因为无论如何都想不出
　　　　　　　　　　　　一句话。
不快还在于，理智没有能力
　　　　　　　　　　　“把握”
英俄语中“吸收”的界限。
Erfassen。
句子忘了，但他知道大家都知道，
可他们也忘了，甚至不知道
那句话未入天堂，它注定现身，如果
天堂如语言之充盈，时常渴望
越过其边界，句子仅提供形式
即光源以外的阴影，但与此同时，
遗忘有情态，它分层并构建
一个充满某种确知的空间。

1　即奥地利哲学家维特根斯坦（1889—1951）。

И благодаря чему другое смещается в то, что неведомо.
Например, известно, что Витгенштейн (Людвиг) в раю.
Также, что тело не подлежит описанию, ни
предъявлению.
Оглядываясь, Витгенштейн видит, как, попирая
законы перспективы, у его плеча возникает Вергилий.
С ним кто-то рядом. Дождь еще не накрапывает.
И не начнется. Естественно, у Витгенштейна
возникает вопрос
относительно фразы, которая была несомненно важна
и отсутствие которой во рту его не столько терзает,
сколько смущает. Но неожиданно для себя произносит:
«Как поживает Тракль?» И после короткой паузы
слышит:
«Там, откуда мы, его нет». И Витгенштейн пишет:
«Приятное различие температуры разных участков
человеческого тела ...»
Это тоже, скорее всего, что-то напоминает,
татуировки песка,
окружающий шелест, не говорящий никому — ничего.

仰仗这一空间，他者掺入未知。
例如，已知维特根斯坦（路德维希）在天堂。
亦知躯体无法被描写被呈示。
维特根斯坦回首望见，违背
透视法则，维吉尔出现在他肩旁。
某人与他并立。雨点尚未洒落。
尚未开始。显然，维特根斯坦
遇见一个问题，
关于句子，这句话无疑重要，
没有它，他的嘴巴不是难受，
而是害羞。可他令自己意外地说：
“特拉克尔[1] 过得如何？”片刻后他听到：
“我们那里无他。”维特根斯坦于是写道：
“人体不同部位温度的可爱
差异……”
这也更像是一种提醒，
沙上的纹理，
没对任何人说出任何内容的环绕的嗡嗡声。

1 特拉克尔 (1887—1914)，奥地利诗人。

... РОЖДЕНИЕ

Так движется вперед от жара
По бумаге полоса коричневого цвета,
И это еще не черное, но и белое в нем угасает ...

Данте. «Ад», Песнь двадцать пятая

1

<...> и раковина, — не поле, — пена и пелена падения.
Пусть высоко непомерно. Но рукой подать.
Скомкано. Линии передела, где в разрезах парусных книг стоит косо листва расплетенных на молекулы демонов.
Когда же понял, что лен? Пряжа до гула? Радиоволны коры рассеянной маком гортани.
Ни облака. Ни капли долу. Как ни в чем не бывало
«нигде» играет с рыбами зрения,
отмывая зрачки пылью надира.
Крипты известняка зеркальны. Дрок брезжит.
Марево катит по колее пожара. Последнее совлечение
с вероятным во влаге; возможно в пространстве

……生（五首）

正如在纸燃烧以前，纸上有一种昏黄色向上移动，还不是黑色，而白色已经消失。

但丁：《神曲·地狱篇》第二十五章[1]

一

……贝壳，而非田野，泡沫和堕落的白雾。
让它不合比例地高吧。但要伸手。
揉皱。重新划分的线条，在风帆书页的切口，
斜立着被分解为分子的恶魔树叶。
何时明白这是亚麻？纱线绷得嗡嗡响？
布满罂粟籽的喉头表皮的无线电波。
没有云。山谷没有一滴雨。如同无处不在的
“无处”在戏耍视线之鱼，
用划痕的灰尘擦洗瞳孔。
石灰石的地下室像镜子。荆豆闪着微光。
热浪沿着火灾的轨迹滚动。与或许之人
在湿润中最后共乐；在耗费的空间，

1 田德望先生中译。

траты слово так обретает мглу опоры.

(Кем они были: diodora aspera, notoacmea insessa

в миг вовсе не тот, как сейчас, когда мера пустот

створы открыла другим измерениям,

чтобы уменьшить бремя земли.)

2

Иссушенное плаванье птицы между квадратом и кругом.

Степь распростерта иссеченьем инверсии.

Голос не подвластен плавнику кисти.

О нефти ничего не известно, хотя сказано где-то,

что лаковым льдом в наплывах бронзы, камеди,

даже Гекате не призвать ее в черноземную свору,

поскольку трехликая сама и есть кровь себе в полнолуние.

А степь что ей? — с трех сторон нищей, со лбом

в струпьях,

рдеющим углем ресниц, идущая ко снам отовсюду

с пересохшим подолом, не знающая родства,

но везде, и как хочет, как фосфор,

глотая согласные ртутной наживы.

词可能获得支撑的阴霾。
(他们是何人：diodora aspera, notoacmea insessa
突然间完全不再如此刻，当空旷的尺度
以另一些纬度打开门闩，
以便缓解地球的重负。)

同义反复

二

鸟儿在方与圆之间干涸地游动。
草原伸展，像被切除的倒装句。
声音不受刷子的鳍支配。
对石油一无所知，尽管说何处有油，
青铜和树脂焊缝中锃亮的冰，
甚至赫卡忒[1]也无法将她召入黑土地，
因为三面的她即为月圆时她自己的血。
草原于她何益？这三面乞丐，额头
满是伤痕，
睫毛像烧红的煤，从各处走向梦境，
带着干渴的下摆，不知亲属，
但在任何地方均像磷光，随心所欲
吞噬水银暴利的辅音。

1 赫卡忒为希腊神话中妖魔、巫术和魔法的庇护神，她手执火炬，有三副面孔，发间有蛇盘绕。

Я отношусь к тебе с любопытством.

3

В капсуле блеска слезою исходит коршун.
В средокрестии этом легкокрыло убийство,
под стать блесне израненной в глазури паутины и сходств.
Неразличимо и трудно, перетирая до щебня круг гончара.
Действительно, что прибавит любовь к этой земле — чего
у меня не было раньше?
Что добавит еще одна строка книгам, рожденным во мне?
Зачем она той, кто уводит героев в сценарии сходств?
Быть может, она и есть та, которую просеяли просом
в сите,
пред тем как взойти ей в слагателей гимнов о кораблях,
приведенных в движение машинами неистовых смыслов,
где слово, в забвенье летя, подобно покою
находит росток кокона распри,
не ее ли проблеск отражением лозы?
Вне сомнения, фактами не следует пренебрегать,

我对你很是好奇。

三

同义反复

光的密封舱里老鹰在恸哭。
这教堂里的凶杀稍纵即逝，
像蛛网和相似的彩釉中负伤的铜片。
懵懂又艰难，把陶器的圆磨成碎渣。
真的吗，爱能为这大地增添什么
我先前没有的东西？
诞生在我体内的书上又添加了一行？
为何需要她，领主人公走进相似的脚本？
或许，她就是被筛过的那位，像筛中的
小米，
在她上升为舰船颂歌作者之前，
疯狂含义的机器驱动舰船，
词在这里飞入遗忘，就像安宁
发现纷争之茧的萌芽，
她的闪光就是枝蔓的倒影？
没有疑虑，不应忽略事实，

как и тем,
что война сужается до экспликации кости и дальше;
т.е. ценностей, обмен которыми
устраняет подкожный обмен веществ.
А вследствие приумножения резонанса и сепсиса
пение утренней птицы становится стократ безупречней,
быстрей.
И впрямь, какая птица не желает петь после войны?
Какое сердце не замирает при мысли:
«мне повезет, я никогда не умру, а если умру,
то воскресну».

4

В греческих углях? Отнюдь. Голосах бездомных?
Нет, их речь холодна, бесконечна, бесплодна.
Безумных, летающих вниз головами на каруселях
в нерасторжимых объятиях? — но что тогда выпадает
началом,
еще до того, как сердце остынет в средоточии мысли?
Художник упускает последнее, как если б я вознамерился
записать его волю по воску, в травленье металлов,
а он просто ронял шелковые цветные нити на пол,

如同不应忽略

战争缩小至骨头的说明及继续；

亦即价值的说明，价值的交换

在消除物质的皮下交换。

共振和脓病毒不断增多的结果，

晨鸟的歌唱百倍地无可指责，

速度更快。

的确，哪只鸟不愿在战后歌唱？

哪颗心不会发紧，当他想到：

“我会走运，我会长生，即使死了，

也会复活。”

同义反复

四

在希腊语的角落？绝不。在流浪的声音？

不，他们的话语冰冷，徒劳，无穷无尽。

一群脑袋朝下旋转飞翔的疯人，

他们牢不可破地拥抱？但什么才是

开端，

在心于思维的内核中冷却之前？

艺术家放弃最末，如果我打算

用蜡和金属蚀刻记录他的意愿，

他只顾往地板垂放彩色丝线，

остывший от ступней до гемисферы затылка,
как и тот, впрочем, кто прочерком в: Фарината дельи
Уберти.
(конечно, нетрудно представить, как хотелось ему
стереть себя прядями засухи, на лету, над кистью руки,
над темным налетом кипрея и камнем)
Умирать, но все же поочередно. Даже с тобой.
На известковом обрыве в бессонной оправе мела,
или на слабо растянутом полотне уксусом.
Редко поймаешь здесь отражение в остатке дождя,
во впадинах талого, как дремотное заикание, льда,
перед восходом грозы.
Плиты пола размерены превосходством. И холодны,
в меру извилисты, словно местность изгнания под розой
полыни,
если глянуть на карту с огнем один раз, и ближе,
и чтобы в глазницах ветвился иней ...
Размокла. Карта. Сомнительна. Неочевидна.

5

Лишь однажды приоткрыть артерию Адриатики

地板从台阶冷到后脑半球，
恰如那位画横线者：法利纳塔·杰里·
乌波提。
（当然，不难想象，他多么想用旱灾的
发丝拭去自己，飞行中，手的画笔上方，
柳叶菜的深色袭击和石头之上）
死去，但仍要轮流。甚至与你一同。
在粉笔失眠框架的石灰悬崖，
或在被醋微微拉长的画布。
你很少能在此捕捉倒影，在雨的留存，
在如惺忪的口吃一般消融的冰坑，
在雷雨升起之前。
地板砖被优越丈量。它们冰凉，
恰到好处地蜿蜒，如玫瑰花下艾蒿的
流放地，
如若带灯看一次地图，近一些，
为了让霜花在眼窝分叉……
泡涨了。地图。可疑。不清晰。

五

仅有一次打开亚得里亚海的动脉

перелетом стрекоз в спиралях Киклад,

безжалостную, как народ у костров Истра, —

темней, чем дары за Охтой.

似蜻蜓在基克拉泽斯岛[1]的螺旋线中飞翔

动脉无情像伊斯特尔河[2]篝火旁的民众——

比奥赫塔河[3]对岸的天赐更阴暗。

1 爱琴海上的群岛。

2 多瑙河的古希腊名称。

3 涅瓦河支流。

* * *

Добавим — пот. Движение возникает
из напряжения, вызываемого повторением,
частота его неустойчива.
Мотивы
(брат, ты слышишь меня? брат, ты оглох?
брат, ты что ...)
Тоже своего рода мера.
На откосах золы легче книги ... диких ирисов,
прорастающих вдоль твоих пальцев,
знаменуя рождение и осень.

我们增添——汗水……

同义反复

我们增添——汗水。运动
源自重复引起的紧张，
其频率反复无常。
主题
（兄弟，你听见我啦？兄弟，你聋啦？
兄弟，你怎么……）
也是一种度量。
斜坡的灰渣轻于书籍……轻于
你指间生出的野鸢尾花，
证实着诞生和秋天。

Фет у лошади

Тогда по просьбе моей она мне читала
свое последнее стихотворение, и я
с наслаждением выслушивал ее одобрение моему.
А. Фет. «Воспоминания»

Это же Фет у лошади, это же лошадь и Л. Толстой в уме
и косогор, и дует с полей, как будто кто-то решил так
что это же косогор и снизу вверх Фет, жаворонок
никто больше как, никто больше, как Тютчев и его плед
намок от слез + два слога
я не выдумал как мальчик спит сон или собака бежит
это словно атрибутировать все то, что лежит
в маминой пудренице и в ней ничего, как и мамы
так жить, чтобы видеть всегда, что не будешь, хоть
сдохни
но будешь, даже и глаукома с камнем рядом в ряду, —
неужели все есть? Всплывает весна,
и сколь нетрудно иней растет от щиколоток к шее.
Скажи, если увидишь.

马旁的费特

于是她应我的请求为我
读了她的最后一首诗，我
心满意足地听着她对我诗作的赞许。

费特：《回忆录》

这是马旁的费特，这是马儿和沉思的托尔斯泰
和斜坡，风从田野吹来，似乎有人决定如此
这斜坡和自下而上的费特，一只云雀，
再也无人如此，如同丘特切夫及其披肩
泪湿衣襟 + 两个音节
我并未杜撰一个男孩做梦或一条狗奔跑
这像是在考证躺卧的一切
妈妈的扑粉盒空无一物，也无妈妈
如此生活，为着永远看到你不会，哪怕
死去
但你会的，甚至青光眼也与石头并列——
莫非一切都存在？春天显现，
白霜如此轻易地自脚踝蔓延至脖颈。
如果看到，你就说。

Воскресная записка

Плиты огня, зеркальные браслеты пыли.
Ящерицы введены радужными вкраплениями
в монгольский пламень проливов, чьи мышцы и вены
в тайных течениях надежно сокрыты, которые
даже на йоту не дрогнут перед зрачками,
и никогда завтра не станет «вчера»;
даже если стереть первый слой, под ним откроется ряд
мерцающих знаков вполне бесполезных, код будет
не принят,
как если б сначала, а после, словно прищуриться,
или внезапно,
будто бы в шутку вчера заблудиться среди
виноградников,
перетирая в пальцах кору, но на деле с пустыми руками,
не зная, сколько займет это времени, завтра и где;
листья считая среди расклеванных ягод
в пересчете сепии с пурпуром, ведя порядок того,
что рассудок вводит в системы отсчета,
но ничего не изменится, серебрится погрешность
вовсе не там, —паутинно к зениту, скользя по сетчатке.

周日笔记

灶火的台面，尘土的镜子手镯。
蜥蜴被彩虹似的斑点引入海峡的
蒙古火焰，其肌肉和血管
被可靠地藏入秘密潮流，它们
甚至面临瞳孔也毫不颤动，
明天永远不会成为“昨天”；
如果擦破第一层，下面会露出一排
完全无用的闪亮标记，密码
　　　　　　　　　　不符，
如果起先，之后，像是眯缝眼睛，
　　　　　　　　　　　或突如其来，
似乎玩笑，昨天迷失于葡萄园，
指间搓揉果皮，但其实两手空空，
不知这会占据多少时间，明天与何处；
在被啄食的浆果间计数树叶，
计数紫色的墨鱼，整理秩序，
让理性被引入读数体系，
但什么都不会改变，误差被镀银，完全
不在那里，蛛网般走向顶峰，滑过视网膜。

«Я знаю, куда я иду»:

иной раз ошибка приходит другими маршрутами,

хотя в этой истории много неясного,

потому что «вчера» вовсе не тень, —например,

красный стол,

его тень на стене или в холодное утро

след руки на оконном стекле, испепеленном лучами,

как странным отсутствием слова, но это уже о другом,

о пальцах, губах, об отведенных глазах

и отражении неслышном воскресного дня

в сквозящем пролете *«завтра этого дня».*

"我知道我去往何处"：

错误此次走了另外的路，
尽管此事中仍有许多迷惑，
因为"昨天"绝非阴影，比如，
一张红桌，
其在墙上的投影，或寒冷的早晨，
被光线焚毁的窗玻璃上的手印，
像词语奇异的缺席，但这已言及他物，
言及手指、嘴唇、掉转的眼睛，
周日静悄地体现为通透的
过渡，即"今天的昨天"。

Голубиная почта

Тени разговаривают с нами, но кажется
дождь прошел длинно снами.
Ливень в просо канул, сушь с ума сбилась.
Молнии легко слетают в концы пальцев,
я думаю, что разучился плавать
Среди электрических пядениц, когда вообще не знал,
Как отличить нить от нити,
Что и есть без рода, order. Без окончания, за рождением
и дальше. Урок словесности закончен в слюде.
Свет завершен видом в пустынном стекле, —
поэтому одно:
Бессонницы скудная вена, узкое, как монгол, кольцо,
Да лень (именно она, не что иное) и упования
на кого-то снизу.
Их голоса отчетливы, поднимаются, как луч фонаря,
всплывающий в темной извести вечера.
Покажет ли кто, где живут те или иные?
Что собственно происходит?
Кто скажет, как идти вспять на песчаной дороге
(и не ошибся),

鸽信

阴影与我们交谈，但仿佛

　　　　　　雨水走过了长梦。

阵雨落入谷地，干旱乱了方寸。

道道闪电轻盈飞落指尖，

　　　　　　我以为我已忘记

如何在电蛾子间游动，全然不知

如何区分不同的线条，

一模一样，order。没有终结，越过

　　　　诞生。语文课结束于云母。

光的终点像一块荒漠里的玻璃——

　　　　　　　　　　　　因此只有：

失眠的吝啬血管，蒙古人一样窄的脚环，

而慵懒（正是慵懒）以及对下方

　　　　　　　　　　某人的期待。

他们的声音很清晰，像路灯的光在上升，

　　　　在黄昏的暗石灰中漂浮。

是否有人指明那些人住在何处？

究竟发生了什么事情？

谁会说明如何在沙路上倒行

　　　　　　　　　　　（不出错），

同义反复

принимая очертания руки

За силуэт книги, относимой встречным ветром,

Чьи тени с тобой говорят, когда мнится, что дождь минул

И молния канула в прорезь глазницы.

Собери яблоко, разбитое об огонь. В горсть, по частям,

Чередованием по полому руслу. Но, приобретая терпение,

Отпусти память, а также тление по слогам,

точащее срок возвращения к зениту буквы.

将手的轮廓

当作被迎风送来的书籍之剪影，
谁的影子在与你交谈，当雨水似乎错过，
一道闪电仿佛落入眼窝。
请捡起被火焰击落的苹果。掌中，部分地，
是春水的交替。但请保持耐心，
放弃记忆，还有音节的逐个腐烂，
　　这腐烂道出了返归字母顶点的期限。

* * *

Сколь прекрасно. Они уходили в мох.
Жужжали сосны, но сухой мост, лист,
лишайник, узор сквозной —
был более, чем прост, —
это словно проснуться с изморосью на губах,
во рту с травяной речью, рядом, забыть
буквы, из которых стебли подрагивают,
как если б тление глаз
в речном слоистом наряде оглянулось назад.
И это как войти в воду,
никогда не выйти.
Но не сделать и шага. Ни одного.

多么漂亮……

多么漂亮。他们步入了苔衣。
松树聒噪，但旱桥、叶片、
　　　　　　　地衣、稀疏的花纹——
却不简单，似乎——
与唇间的细雨一同醒来，
口含草本语言，身旁，忘记
草茎自其间颤颤而出的字母，
　　　　　　　如果眼睛的腐烂
身着河流的层状盛装回盼。
这就像是走入水中，
永远出不来。
但是别迈步。一步也别迈。

* * *

Разумеется, когда пробегаешь сквозь рощу,

а ни один лист не двинется с места.

Когда пьешь воду и вода осталась как отпечаток

горла.

Тогда знаешь, что написать про листву,

про голое тело, про глоток воздуха и не глотнуть.

Потому что незачем. Пусть движет дорога колеса.

Пусть опера умирает у ног, второй раз там, где надо.

Пусть все остальное, —ничего в деталях. Не надо

только присматриваться, не надо подниматься в 4,

чтобы в надежде найти сумрак, туман, и ничего

больше.

当然，当你穿过树林……

当然，当你跑着穿越树林，
没有一片树叶会离开原地。
当你饮水，水便成为喉咙的印记。
于是你知道写的是树叶，
是裸体，是一口气，别吞噬。
因为没用。让车轮的道路运动。
让歌剧死在脚边，再次死得其所。
让其余的一切，毫无细节。不该
只是细看，不该攀爬至 4，
为在希望中找见黄昏和雾，再无他物。

Откровение

Откровение вне длительности. Но, случается,
За кофе, за пылью звонка, перелистыванием страниц,
На одной из которых мелькнет: вспышка тоже ведь
означает
Многое, но что значит «многое»? Сгорание одной
из сторон?
Изменение монеты? Точно тень на пороге источника
света.
Год поворачивается на оси, и, глядя на клены, разбитые
Поверху солнцем, не идешь никуда, роняя книгу, сухую,
Но мокрую в буквах, словно трава. Ветви, разъятые
солнцем.
Где здесь, спрашивается, справедливость; найти то,
что потом
Будет названо местом начала. Все же чем закончится
Та же история, которая начиналась не раз?
«Слепое познание».
В пойме реки речные, вечерние тени. Но, как открыли ее,
Имея в виду совершенно другое, как внезапно застыли?
Разумеется, имели в виду совершенно другое. И не то,

启示

没有期限的启示。但时常，
咖啡馆外，铃声的尘土外，翻页，
一张书页上会闪现：闪光也有很多
　　　　　　　　　　　　　含义，
但何为“很多”？一个方面的
　　　　　　　　　　　　　燃烧？
硬币的变化？像光源门槛上的
　　　　　　　　　　　　　暗影。
年岁沿轴心翻转，望着上方被太阳击毁的
枫树，你哪儿也不去，碰落干燥的书，
但字母却湿如草地。被太阳掰开的
　　　　　　　　　　　　　树枝。
试问，此处正义何在；寻找之后
　　　　　　　　　　　　　　将被
称作起点的处所。那多次开始的故事
仍将以什么东西作为结束？
　　　　　　　　　　　“盲目的认知。”
滩上的河，傍晚的影。但如何发现了它，
完全另有所指，它们如何突然凝固？
当然，它们完全另有所指。并非那人，

Что тот, кто утром в ванной с собою встречается взглядом

И бритву отводит наотмашь. Что ему? Свет ему светит

Из окон, —ветви струятся? Что ему? Кто он.

Пусть он ответит.

他清晨在浴室与自己目光相遇,

抡起剃刀。他如何？入窗的光照耀他,

树枝流淌？他如何？他是谁。

让他回答。

* * *

Горсть песка, летящая в воду,

Легчайшая ссадина единицы, расцветающая в зрачке:

Окись крови от первого к следующему и другому,

Темный воздух воображения.

В детских телах своевольные рыбы

Идут к южному полюсу сквозь магнитное поле,

Что неминуемо с ними случится.

Числа немотствуют в царствах шиповника.

И все окна раскрыты разбито на юг.

Вещи сужались в себе,

Плато арктического сияния,

Громом сражений солнц,

Таких же (с первого взгляда),

Но разницу не уловить,

А те, кто, как рыбы, те, кто оделись воздухом черным,

Те скрылись из вида, ведомые братьями Маркс, —

一把飞入水中的沙粒……

一把飞入水中的沙粒，
一个在瞳孔中绽放的最轻微擦痕：

血液氧化物自一人传递他人，
想象的阴暗空气。

在孩子体内，任意的鱼
穿越磁场走向南极，
它们一定会有事情发生。
数字沉默在蔷薇王国。
每扇窗都疲惫地敞向南方。

物蜷缩在自己体内，
北极光的高原，
一模一样（初看上去）的太阳
相互搏战的轰鸣，
但凭轰鸣听不出差异，

而那些像鱼的人，身披黑色空气的人，
那些隐身人，为马克思的兄弟所了解，

Плывущими нескончаемо, под стать колесу,

В обнимку с изумрудными рыбами

К проему, где немота настигает спирали страниц,

Рассыпанных кое-как под ногами.

像车轮一样无止境游动,

拥抱绿宝石的鱼游向洞孔,

聋哑在此赶上书页的螺旋线,

那些书页随意散落脚边。

* * *

Если взять длинную серую нитку.

Если во рту по всей длине провести ею,

Чтобы не изранить колоса, ресниц, крапивы,

Чтобы мята стала холодным колесом бессмертия,

Сна, но, чтобы она была длинна как roedelius,

Как ночь упущенного дома в ладони.

Но дальше ничего не нужно, если не знать,

Что есть две стороны горизонта. Что

Камень, западающий за, словно на морозе

Клавишный инструмент, и ни полтона

В знаке, даже если призвать из ада.

Он, Кашмир, когда книги отданы, когда

Написано, если взять длинную серую нитку

И провести по языку, чтоб не попалось

Ни единого слова, которые знаешь.

А не знаешь, соедини солнце на закате

с луной на восходе.

Натяни, и не спеши, — проследи пальцами.

如果提起一根长长的灰线……

如果提起一根长长的灰线。
如果将它从头到尾在嘴里拉过，
为着不伤及花穗、睫毛和荨麻，
为着薄荷成为不朽和梦的冰轮，
但是，也为着它长若 roedelius，
如同掌上一座弃屋的黑夜。
之后便别无他求，如若不知，
地平线有两个面。随之
滴落的石头，像严寒中的
键盘乐器，没有半音符号，
即便自地狱召来。他，
喀什米尔，当书籍交出，当文字
写出，如果提起一根长长的灰线，
在舌上拉过，为着不遇见
你知道的任何一个单词。
你若不知，就去连接日落
和月出。
拉紧，别急——用指头跟随。

* * *

Ни писем, ни телеграмм. После полудня
перебирал колесо: спицы бесшумны как снег.
Не думаю, что сегодня под рукой есть что-то получше.
Никакого различия между тобою и мной.
Вот, скажем, бабочки в коллекции воздуха.
Какая, собственно, разница? Между холодным и теплым?
Между мутным стеклом, сквозящим проемом, войной,
кирпичной стеной?
Вопрос в другом. Как могли, обладая знанием букв, дыр, начертаний, устройства всевозможных картинок, наконец, того, чего не выносят любители филармонических залов, канн, перфорации, белых ночей — как удавалось
нам восходить по ступеням и спускаться (вот, главное)
вниз, не пользуясь ни одной.

没有书信，没有电报……

没有书信，没有电报。正午之后
翻修车轮：辐条静悄如雪。
我不认为今天手头有更好的东西。
你我之间没有任何差异。
比如说，在收集空气的蝴蝶。
究竟有何区别？冷和热之间？
毛玻璃、透光孔、战争和砖墙
之间？
另一问题。深知字母、窟窿、轮廓
和各种图画的构成，最后，深知
音乐厅、美人蕉、孔洞和白夜
爱好者们的无法承受，我们如何能够
上楼梯，下楼梯（这更重要），
脚不着地。

* * *

Вероятней так: «Не вспоминай обо мне. А если

вспомнишь.

Тогда двор под окнами, новый пламень цинковых

крыш, пух тополиный и как фаюмский ребенок

тащит по асфальту лодку».

Прояснить попутно что-то по части лодки:

«Скорее, она из бумаги, в луже, которая напрашивается

в очень белый с иглой и папиросным крылом Набокова»,

который сливается в оконной раме со светом,

изгибом реки в Sao Paulo где нет как известно ночи,

и ничего нет в этот день как ни вспоминай тебя.

或许如此……

或许如此：“别回忆我。如果你

回忆。

同义反复

于是窗外的院落，锌皮屋顶的新火，

杨絮，就像一个法尤姆[1] 男孩

在马路上拉船。”

顺便解释此船的各个部分：

“它更像纸船，在水洼，它硬要变得

很白，与针和纳博科夫的香烟翅膀一起”，

在窗框中与光融为一体，

融入 San Paulo 河湾，这里已知没有黑夜，

这一日什么也没有，如同别回忆你。

1 埃及城市，有古代遗址，19 世纪末在此发现公元 1—3 世纪的法尤姆肖像画。

Короткая ода

Чего тут и говорить, каждый скажет тебе, что там где-то
низменность, тусклая вода, в крахмале лебеди, но я видел
твою остановку автобуса. Она была одинока, как зверь
в слепящем закате, когда любовь уходила по капле
из меня, как деньги, которые кто-то должен за лодку
на тот берег и в которую никто не уселся.
Сквозные лучи. Вот что меня тогда занимало.
Сквозь кожу лица. Люди, тоже меня занимают,
когда я их вижу,
сидящих в пустыне под дирижаблями на том же закате,
с пузырями во рту, медленно нисходящие
по медным ступеням.
Когда с Евзовичем плечо к плечу шел Зельдович.
И я смотрел на них, как на тайные фигуры
чернофигурного килика, как если б не торопясь вращать
в руках.
Именно это я и хотел бы услышать. Иными словами,
увидеть тебя за огромным огнем в глине, которая,
как известно, порождает самую себя.
Как, вероятно, и ты, Александр, кто-то, сидящий

短颂诗

无话可说，每个人都会告诉你，那里有
永恒、浑水、淀粉中的天鹅，可我看见
你的公交站。它孤零零，像耀眼晚霞中的
野兽，当爱情自我体内一滴一滴
消隐，像某人付的钱，要把
　　　　　　　　无人乘坐的船划到对岸。
穿透的光。这当时使我入迷。
透过脸皮。这些人也使我入迷，
　　　　　　　　　　　　当我看见他们
坐在飞艇下的荒漠，置身同一片晚霞，
口中满是泡，缓慢地走下
　　　　　　　　　　　　　铜制扶梯，
泽利多维奇和耶夫佐维奇并肩前行。
我看着他们，像看着黑轮廓酒杯的
秘密身影，如果不急于在手中
　　　　　　　　　　　　　　　转动。
我想听到的正是这些。换言之，
看见你在黏土里的大火外，那黏土，
　　　　　　　　众所周知，分娩了自我。
或许有你，亚历山大，面对你坐的

напротив тебя

в эту ночь, когда никому не достает на закате заката.

Твой—атд.

某人,

在这夜，当无人能在晚霞中获取晚霞。

你的——атд[1]。

1 атд 或 atd，德拉戈莫申科名字、父称和姓 (Аркадий Трофимович Драгомощенко；Arkadii Trofimovich Dragomoshchenko) 的缩写。

* * *

Сквозь балконную рябь; решето тишины,

Где — первый урок гласным: изморось.

Согласным тот час, но они хвоей сыплются ночью.

Лишь одно выносишь, босиком, без ничего, в ветках,

Которые медленно движутся по коже сверху донизу.

Поджимаешь живот, думаешь, а если бы не один.

«Нет» — пишешь. А губы, пресекая зубовный лед,

Лет языка и темный агат гортани — «да». Как шепот.

Тех, кто не узнаёт его, идущего по двору —

«Не спасешь того, за кем следуешь».

Уследить ли тут, как балтийская соль на листве

превращается в иней?

透过阳台的涟漪……

透过阳台的涟漪；寂静的筛网，
这里的第一课讲元音：毛毛雨。
辅音马上讲，可它们夜间纷落如松针。
你仅能承受其一，赤脚，无物，在枝头，
它们从头到脚缓慢滑过皮肤。
勒紧裤带，你在想如果不是孤身一人。
你写下“不”。而双唇，取缔牙齿的冰、
舌头的飞翔和喉头的深色玛瑙：“是。”
像絮语。那些人没认出徘徊院中的他：
“你救不了你紧随的那人。”
是否立即关注叶上的波罗的海盐
如何变成了霜？

* * *

В стакане полводы, под ногтями ни одной грязи ...
Таков воздух. Над — империя неба. Не вдохнуть,
как кажется, — либо недостанет, либо раньше времени,
а то, случается, опоздаешь. Двери тоже, они стеклянные,
разбиваются медленно. Части, вращаясь, плывут
со скоростью забывания, как если бы хотели впиться,
тогда как на пороге нет ни тебя, ни даже в мыслях,
чтобы к двери. Поскольку как ни отклоняй голову,
как ни закрывай глаза — небо.
Что не означает восторга. Испуга. Что ничего не значит.
И понятие причины восходит, снова поводом, ростком
безвестности, хитроумной длинной словесной сети,
откуда в пору весны сокрушительным удивлением
забытое: «будто цветы на земле, которая их не выдала».
Растут как если отделенным домом. И там же.
Как на земле, даже не «в мыслях».
Нет, лучше здесь, лучше с подзолистой,
иногда можно дать ей первенство перед переходом
на облачную дугу и дальше, и чтобы ничего над ухом,
ничего другого. Но чтобы воздух.

杯中一半水……

杯中一半水，指甲缝里没有污垢……
空气也一样。头顶是天空帝国。别吸气，
看来，要么不够用，要么是太早，
而且你还常迟到。门也一样，玻璃门，
缓慢地破碎。碎片旋转，游动，
以遗忘的速度，似乎想要挤入，
此时门槛上没有你，甚至在出门的
想法中也没有。因为无论怎样扭头，
　　　　　　无论怎样闭眼，依然是天空。
这并不意味喜悦。亦非恐惧。无任何含义。
原因之概念上升，又似缘由，像无名之
萌芽，生于精巧的语言长网，
自那里在春季，遗忘的概念令人惊异：
“似乎大地的花朵，并非大地的产出。”
它们生长如独立的房屋。也在那里。
　　　　如同在大地，甚至不在“想法”。
不，最好在这里，最好有灰化土，
有时可以给它优先权，在变成
云弧线等等之前，为了耳边清净，
什么也没有。但为了空气。

* * *

Это как ходить по полу босиком,

Или как видеть ночью пожар, и чтобы

Бабушка сказала, что «не смотри»

У тебя в жизни будет много всего

У меня есть в жизни — жизнь

Сигареты, два английских слова

Я прожил жизнь, как бог.

На 3 февраля

这就像赤脚走地板……

这就像赤脚走地板，
或像夜里看见火灾，为让
奶奶说一句“别看”
你的生活中将有很多一切
我的生活中只有生活
香烟，两个英文单词
我过了一生，像神。

给 2 月 3 日[1]

1　2 月 3 日是德拉戈莫申科的生日。

Ночь и день

Разве кто знал, что между ночью и днем нет ничего?
Там, где несоизмеримо высокие ненужные тополя
и где слишком пирамидальной пыли —
так раскаленно-легка
на почти дорогах.
На едва поворотах шляха под небом. Тем,
под которым в 5 утра аметистов голубь
гончарной скважиной птицы. Отсутствием
чего бы то ни было.
Где роса по колено Эребу. И поток воздуха вверх
действителен,
и отец тогда говорил, хорошо, идем, и пусть тебя
не смущают
ни взгляды соседей, ни то, что увидишь. Мы видели
многое,
он все это знал, я же знал, что вернусь к этому позже —
страх, косноязычие, а далее описание.
Никто зеркально не знает, с чего начинает себя почти
ничего.
Поскольку нет нужды даже в том, чтобы думать

夜与昼

难道有人知道夜与昼之间空无一物？

那里有高得难以比量的无用杨树，

那里有过多的金字塔尘土——

稍稍有些烫脚，

在准道路上。

在天穹之下大路的拐角处。空中，

紫水晶的鸽子在清晨五点

像鸟的陶制缝隙一样。缺乏，

无论何物。

露水齐混沌膝头之地。上方的气流

很有效，

父亲于是说，好的我们走，但愿你

不受惊扰，

无论邻居的目光还是你的所见。我们看见

很多，

他全知道，我也知道，转身面对已晚——

恐惧，口齿不清，继续描写。

无人镜子般知道，几乎虚空的自我从哪儿

开始。

因为甚至没有必要去思考

同义反复

как «о себе».

И затем: чтобы видели, что как «о себе» никто не видел:
затем различие весны, —темная радуга вены,
тогда после парения, когда только с тобой. Между ночью
и днем
обернись к почти тополям, излучине
сухой реснице. Не медли в мелу едва утешения, пополам,
почти созвучьем, потому что поворот головы
не стоит того,
что—между ночью и днем. Но мы и есть то,
что ничего не значит. Но чем были, и в чем, как
в свистящих подкрыльях пыли, пропадаем наискось.

“关于自己”。

然后：为了看见无人看见“关于自己”：

然后是春天的区分——静脉的深色彩虹，

翱翔之后，仅与你同在，在夜与

昼之间，

请转身面向准白杨，拐弯，

干的睫毛。快步入慰藉的白灰，一人一半，

近乎和音，因为脑袋的转动

抵不上

夜与昼之间的东西。但我们

毫无意义。但我们曾经有过，如在

灰尘沙沙作响的翼下，我们倾斜着消失。

* * *

Когда прекращается волокно вина,
Ничего не знаешь, ни полотенца, ни другого.
Историей здесь не пройти, утро просто.
Можно с откоса бежать сломя голову,
Можно вербу слушать, она ужасна, мертва,
Можно слушать линии на руках, —безгласны также.
Чего нельзя? Говорить, читать вслух, слушать,
Чтобы не попадали слова в слова по окончаниям.
Нельзя оказаться вместе в мастерской друга,
Чтобы утром солнце подняло всю пыль с полу,
А рот едва смог бы сложить несколько слов,
Но и их бы не услышала, поскольку бы спала.
А я бы в полотенце на бедрах стоял в двери
И думал—кто же ночью намеревался открыть?
И, Бог мой, пусть следующие поколения узнают,
Как прекрасно было то пробуждение: твое, после.

当葡萄酒的纤维中止……

当葡萄酒的纤维中止，
你一无所知，无论毛巾还是其他。
这里没有故事，清晨单纯。
可以绞尽脑汁逃下斜坡，
可以倾听柳树，它恐怖，僵死，
可以倾听手中的线条，它们也无声。
什么不能？说话，朗诵，倾听，
为了不让语言和语言最终相碰。
不能一起出现在朋友的工作间，
为了让太阳在早晨卷起地上的灰尘，
嘴巴勉强可以说出几个单词，
但她没听见，因为她或许睡了。
我会腰间裹着毛巾站在门口，
我在想，谁在夜间试图开门？
我的上帝，就让后代去知晓吧，
你之后的醒来有多么美丽。

Весна

Дерев последуют за нами

Только постылые кипарисы.

Гораций

Это другой мир: тень не противоположна свету,
небо не противоположно земле, «я» и «ты»
по обе стороны предложения.
Кроме того кровли чисты, словно петлей скользнуть
с чистой оси или открыть дверь луны в запустение стекол.
Время сна деревьев исчерпано, однако ни замыслов,
ни пространства, а только бормотание пробуждения,
хотя и оно ничем не выдает себя.
Они — появляется мысль — просыпаются
во мглистом безвоздушном воздухе, среди
неподвижных вихрей напыленного света,
в котором на мгновение явственней несовпадения
материи;
но тотчас смыкается, оставляя сетчатке длинную тяготу
тления.
Покуда ни крон, ни корней.

春

在我们的身后

只有讨厌的柏树。

贺拉斯

这是另一个世界：影不与光对立，
天不与地对立，“我”与“你”
分别置身句子的两边。
此外屋顶干净，像一个环滑离
干净的轴，或月亮门敞向玻璃的荒芜。
树的梦结束了，但既无构思，
也无空间，只有苏醒的嘟囔，
虽然它丝毫未暴露自己。
它们醒来，思想产生，
在没有空气的朦胧真空，
置身蒙尘之光静止的旋风，
那光里的物质突然之间比差异还要
清晰；
但它会立即合拢，在眼中留下阴燃的
长长负荷。
此时，克朗和树根都无法辨认。

Неузнаваемы. Их тайный мир чужд им самим.
Со стороны зрения: сухая изморось,
в которой множатся меры, ветвятся лабиринты таяния,
где в тяге укрупняется луч, изнанка сжигает вещь и,
если смотреть пристально, в пойменном блеске
черны чайки.
Но блеск недвижим, тогда как любое смещение столь
неявно,
что мысль, извлекшая из воображения малейшее
колебание,
уже всегда смущена, не шелохнется, пуста, как на солнце
кровь.
Стволы, ветви (остальное в земле) — их сон
ни в чем не отличен от смерти, какой ее представляем
в детстве, т.е. не то, чтобы по паутине над ахеронтом, —
мы как бы есть, но в самом сердце падения,
повисшего на конце иглы, откуда рукой подать
до затканной арахной речки — и таким рассеянием
оседающей
к островам, что, бывает, перехватывает горло от счастья.
Весна идет в смрадном тряпье нищего, в огне мусора,
она неизвестно какого рода, ни капли влаги.
Ни она, ни он. Никто. Числа закрывают глаза снам,

它们的隐秘世界也让它们自己陌生。
从视线角度看：干燥的毛毛雨，
尺寸在其中增大，融化的迷宫在生枝，
光线在受力中膨胀，背衬烧烤物质，
如果细看，在滩涂的反光中有
黑色海鸥。
但那反光静止，就像每一个位移都
不清楚，
自想象抽取最细微动摇的那一想法，
已经
永久窘迫，静止，空洞，如阳光下的
血液。
树干，枝桠（地上的其他），它们的梦
与我们童年想象的死亡毫无差异，
亦即并非沿着冥河之上的蛛网，
我们似乎存在，却置身坠落的核心，
悬挂于针尖，手从那里能够碰到
布满蜘蛛花纹的河，河流漫不经心地
落座
岛屿，这会使喉头因幸福而哽咽。
春天来了，着乞丐的烂衫，垃圾的火焰，
它不知属于什么种类，无一滴水分。
无论何人。并无一人。日期蒙住梦的眼睛，

отворяют попеременно растениям жилы и,

раздвигая плаценту земли,

касаются слепой и совершенной жемчужины.

Как будто с залива в предрассветных сумерках

восхождение облаков по краю неба и первый удар

о стену, отрешенной эхом, двери в подъезде.

轮流切割植物的血管，

扩展大地的胎盘，

触及盲目、完美的珍珠。

仿佛在黎明前的昏暗，天边的云

自海湾升起，第一次打击

撞上了墙壁以及为回声所隔绝的门。

* * *

Определение ночи.

Перед грозой ветер с песком,

с островов плоских уходит,

на тающем шелке подушки,

словно след руки искушенного мастера,

контур лица твоего,

отдаленный тесным столетьем,

жизнь предметов холодна и ужасна.

В пестром узоре их сроков

зрачок не ищет пресуществлений иных.

夜的定义……

夜的定义。
风与沙在雷雨前
　　　　　　　离开平缓的岛屿,
在枕头融化的丝绒里,
像一位熟练大师的手迹,
　　　　　　你的面部轮廓,
被拥挤的世纪推远,
物体的生活冷漠恐怖。
在它们期限的彩纹里,
瞳孔不寻找其他的变身。

* * *

только сон, пробуждение,

сияющий серп на ущербе,

бледный утренний гость,

повод безвольный,

облеченный в бессмертье,

шероховата чертами бумага.

Утренний гость, —

ярчайший бесцветности час.

只有梦……

只有梦，梦醒，
月缺时的亮镰刀，
苍白的清晨客人，
优柔寡断的借口，
身披不朽之外衣，
字迹残缺的纸张。
清晨的客人——
无色之最亮的时辰。

* * *

Улетают птицы. Отдай им и это.
И не говори: вот, мол, и всё.
И мы много не заработаем,
И не поедем на юг,
И пойдем на новую комедию,
И добро не победит зло, и наоборот
И народ будет безучастен —
Не говори: «Я и сам кое-что знаю».
Не летят. Они неподвижны,
Родники, источники формы.
Повисли капли. Низко небо.
Домой возвратиться,
Продолжительно-долго скрести
Бритвой по трехдневной щетине.

鸟儿飞去……

鸟儿飞去。请把这给它们。
你别说：好的，就这些。
我们挣钱不多，
我们不去南方，
我们去看新喜剧，
善胜不了恶，而是相反，
人民不会参与——
你别说："我也知道一些。"
它们不飞。它们静止，
泉水，形式的源泉。
水滴悬挂。天空低垂。
返回家园，
剃刀长时间抓挠
三天的胡须。

Искусство войны

Всегда видеть эти холмы, всегда—реки.

Я также видел муравьев и самого себя,

Который видит это, когда пишу о зрении и холмах.

Но когда и где увидать? Скорость света стоит

Камнем с надписью в воздухе. И предплечья,

Глаза медлят, горло терпнет, как съесть много мяты.

И пыли не коснешься концами пальцев, как все будет.

战争艺术

永远看见这些山冈，这些河流。

我也看见了蚂蚁和自己，

我在描写视线和山冈时看见了这些。

但何时何地看见？光速站立，

如空中一块铭文石。前臂和

眼睛拖延，喉咙忍耐，像吃了很多薄荷。

你的指尖碰不到尘土，而一切都将如此。

* * *

Если залив, то всегда над заливом, т.е. лежа, глядя вверх
Как над рябью век стоят облака и вслед несутся деревья,
Не оставляя следа, поскольку всегда на месте,
не попадают
В сходства — куста, тени, тесноты чисел,
как не совпадаешь
Очертаниями рта с тем, что проговаривается,
когда забывая,
Думая о том, как бы не совпасть с тем, что именуется
сходством.
Нет такой реки и дерева, которые были бы мне
неизвестны.
Ни одного жеста, которого бы не понял. Деревья. Мосты.
Карта. Ты, к тому же какое-то искоса идущее время, и т.д.

如果河湾……

如果河湾，便永在河湾上，亦即躺着仰望，
云朵在眼睑的旋涡之上，随后是树木，
不留痕迹，因为它们始终在原地，
不愿陷入
雷同：灌木，影子，数目的拥挤，
就像你
嘴巴的轮廓无法与所说的话语雷同，
当你忘记，
你在想，最好别与称为雷同的东西
相吻合。
没有那样的河流和树木，我似乎并不
知晓。
没有一个我不明白的手势。树木。桥。
地图。你，还有斜着眼前行的时间，等等。

* * *

Даже если ветер этой страны
отправит мою золу к разбитым детским шкафам,
я попрошу — ни единой фракции этой земле.
Пусть и нищему ... Как бы он ни был.

Я лягу среди бьющего из ночи света,
чтобы сказать — сколько раз хотелось
шагнуть за любую, пусть ничтожную надпись —
так смотрят вещи на мир из своего потаенного хора,
следя за тем, как убывание расстилает ковер
любому из приближений совпадения в имени.

В предложении «я вхожу в дверь»
не содержится ничего из предыдущего предложения.
Дерево слагается из «десяти тысяч деревьев»

и продолжения: здесь нужна воля, т.е. — ничто,
чтобы в бесчисленных листьях, редукции вен,
потоках, в простынях, хлещущих книзу, когда август,
как изваянию не растратить то, что назвать не в силах

и все же падение непостижимо.

如果这个国家的风……

如果这个国家的风
把我的灰烬送往残缺的儿童柜橱，
我会请求，别让这地球再有党团。
但愿给穷人……无论他如何。

我躺在黑夜射出的光中，
为了说出，多少次想要迈步，
追求哪怕微不足道的任何题词，
物质自其隐秘合唱队看着世界，
看减少如何铺开地毯，
迎接每一个走近的同名人。

在“我进门”这句话中，
不包含前一句子的任何内容。
一棵树包括“一万棵树”

及其延续：这里需要意志，即虚无，
为了在无数的树叶和静脉的退化，
在水流，在下垂的床单，八月，
不会为雕像浪费无力道出的东西，

坠落毕竟无法理解。

* * *

M. Petrovic

Если забыть, затем неожиданно вспомнить — на ум
приходит
всего лишь семян летящих секущий наискось шорох;
они всегда в эту пору полны шума воздушной жатвы,
жалости
ссеченного стебля, раковины, сомкнувшей «вне» с «в»,
разбитой на дне у локтя, — так следует изо всего,
что сказано:
«спрячь среди чахлой серой травы» или — «укрой в
листве»,
либо «научи растворяться в соцветиях прозрачной соли,
после в крови», или жить в кувшине, размотанном
чешуей.
Сколько солнц, допустим, довелось перечислить,
тая в красно-мраморной крымской пыли? Мальвы
за щебнем,
терпкий налет на альвеолах за шелковицей у поворота,
по 365 солнц в году. За исключением пасмурных утр,

如果忘记……

致 M. 彼得罗维奇

如果忘记，然后突然记起，脑中
所见
仅为飞翔的种子斜切的沙沙声；
它们总在此时充满空中收获的喧嚣，
怜悯
来自切断的茎，连结“内”、“外”的贝壳，
碎在肘旁的河底——道出的一切
应该如此：
“藏进灰色的干草”或是“躲进
树叶”，
要么“学会在透明盐的花序中溶解，
在溶于鲜血之后”，或者活在张开鳞片的
水罐。
比如，在红大理石的克里木尘土中消融，
能数清多少个太阳？碎石后的
锦葵，
拐弯处的桑树后，牙槽里的酸涩飞行，
一年 365 个太阳。除去阴暗的早晨，月亮，

лун, дождливых рассветов, зимы — два-три раза ливень
попутно ...
и еще тот раз, кстати, когда всю ночь солнце стояло
над нами,
прожигая паутинные линзы пространства длинной
жаждой,
что в целом и есть: «если забыть», а после не помнить.

落雨的日出，冬季——两三次顺便落下的
阵雨……
还有那一次，提一句，当太阳整夜挂在
我们头顶，
用长长的渴望烧穿空间蛛网般的
透镜，
整体里有：“如果忘记”，然后便不再记起。

* * *

Повременим. Листва, сухость, отсутствие насекомых.
Это — Пергамский фриз изменений,
тени заменяют отсутствующие части глаза, —
фаянс исторгнут.
Могущество их несомненно,
однако пыль пожирает героев, пыль пожирает себя
на свету во вращении, в солнце, в луче ночи —
Единственном, расщепляющем сердцевину
ежечасной буквы, бесплодной битвы ...
Дальше ступить. Не двигаться.
Здесь так положено. Так принято.
В чем не приходится сомневаться.

我们等一等……

我们等一等。树叶，干燥，昆虫的缺席。
这是变化的别尔加姆浮雕[1]，
影子取代视线的缺席部分，
瓷土被逐出。
它们的力量毋庸置疑，
但尘土消耗英雄，尘土消耗自己，
在光中旋转，在阳光，在夜光——
这每小时的字母和徒劳的战役
唯一的裂变芯棒……
继续踏步。别运动。
这已经决定。这样可以。
这一点不必怀疑。

1 别尔加姆有建于公元前 180 年的宙斯大祭坛，祭坛浮雕表现诸神与巨人鏖战，现藏柏林别尔加姆博物馆。

Политику

По просьбе Аркадия Блюмбаума;—а на следующий вечер с Зиной и Евгением Павловым при молдавском Cabernet Sau-vignon; рассеянные разговоры о Новой Зеландии.

Когда ты, политик, сны разговариваешь по тетради,
потому что остальное грифелем страшит ночью,
синим, и крошки не пленяют, ни сброшенная одежда,
ни двери, ни вены на икре, ни глаза,
ни стекло во льнах эгейских, —
стимфалийские соловьи свищут тебе безвозмездно,
и кто-то думает перед сном, что ты прежде играл
в круглый футбол, бил колено вдребезги, был ливень
на головы, но никто не был помазан, алмазный ...

но сколько детского горя в глине было, которая
повиликой нас обвивала, политик, сколько нежной
боли было в сыпучем гравии, хрусте; потом к ручью
мчались через воскресный народ, и народ не ведал

致政治家

应阿尔卡季·勃柳姆鲍姆之约；次日晚与济娜·帕夫洛娃和叶夫盖尼·帕夫洛夫在摩尔多瓦的 Cabernet Sau-Vignon；随意谈及新西兰。

当你，政治家，谈起笔记本上的梦，
因为其余一切均恐怖若蓝石墨的夜，
碎屑平淡无味，无论废弃的衣服和门，
还是鱼卵上的静脉和眼睛，
或是爱琴海亚麻布中的玻璃——
斯廷法罗湖[1] 夜莺无偿为你吹口哨，
有人在睡前想到，你先前踢过
圆的足球，撞碎了膝盖，大雨
浇头，但无人被涂油，如钻石……

但黏土里有多少孩子的悲伤，
黏土如青藤缠绕我们，政治家，松散的
砾石间有多少微痛，嘎嘎作响；之后，
穿过周日人群冲向小溪，人群并不知道

1 希腊神话中的湖，湖中有怪鸟，抖落其青铜羽毛伤人，后为赫拉克勒斯所败。

о том, что мы проиграли, но, может быть, мы тогда
победили, —протоколы истлели
в цементных чертогах;
не помню, зачем вечер над столом стлался, когда
ты стащила с себя джинсы и попросила за это книгу,
название которой забыл ...—а сосны ночью?
Политик, не забывай, как тащил головастиков
из дождевой бочки.
Там водоросли—фригийской, пентатоновой мелочью,
а ты себя видел и пытался яхту пустить в водоеме,
глубина его превышала тебя (ты бы там захлебнулся),
а ширина была так, по пояс, что кораблик
казался хлебным, а потом пустые годы, стройные,
словно стропила пожара.

Не окончанье ли явное подвигло тебя угодить
не в малину, но в сухие листы,
по пересчету косы под клевер. Плакал ли ты,
когда понимал, что голоса тех к тебе не доносятся.
То есть они доносились, звали на ужин, домой, но шли
как бы сквозь, потому и решил, что воспрянешь
и все будет сделано, наденешь пиджак, прочтешь

我们输了比赛，但我们也可能
赢了——合同腐烂
在混凝土宫殿；
我不记得夜晚为何弥漫桌子上方，
当你脱下牛仔裤，要一本书，
书名我已忘记……夜间的松树？
政治家，请别忘记，你如何自雨桶
　　　　　　　　　　　　拖出蝌蚪。
那儿有水藻，像弗里吉亚[1]的五声音阶琐事，
而你看见自己，试图把帆船放进水池，
其深度让你没顶（你会在那儿呛水），
其宽度不过腰，于是小船
像是面包，然后是空洞的岁月，很匀称，
　　　　　　　　　　就像火灾的房梁。

莫非显见的结局使你不满
野草莓，而钟情干树叶，
　　　计数三叶草旁的镰刀。你是否哭过，
当你明白那些声音传不进你的耳朵。
就是说，那些声音传来，喊你吃饭，回家，
却似乎是耳边风，因为你认定你将接受，
做好一切，穿上夹克，阅读

1　公元前 10—前 8 世纪小亚细亚西北部古国。

историю о героях, но мята тебе говорила, что
много печали, никого нет, мать там, откуда малина,
сухие кусты, жуки златые зовут откуда,
но чему никто не откликнется,
        потому что другие сезоны, а ты давно взрослый,

политик, ты — мыслишь законы, забывая,
что правил не понял простой математики;
так и в школе,
где впервые вдруг ощутил запах соседки по парте,
когда империи рушатся, словно мел на доске дочерней,
когда платье тебе не досталось,
                        а если осталось, то никому.

Где ты не то чтобы проиграл, просто здесь не успеть,
устал, то есть, когда ты пришел, никого уже не было,
кроме куста бересклета, белой малины,
закрашенных окон.
Вот откуда, когда уходим, ты возникаешь,
недоуменья полон, будто мести, —
было бы просто говорить о футболе, продули сдуру.
Чрезмерно небо.
Деньги не поддаются терпенью. Из нас кто-то

英雄故事，但薄荷对你说，
有许多忧愁，没有一人，妈妈在那儿，野草莓、
干树叶、金甲虫从那里发出召唤，
但无人对此回应，
因为季节不同，你早已成年，

政治家，你思考法律，却忘记，
你不理解简单的数学法则；
在学校也一样，
你突然首次闻见同桌女生的体味，
当帝国倾塌，像黑板上的粉笔，
当你没够到连衣裙，
即便够到，也无一人。

在那里你并未输，你只是来不及，
你累了，就是说，当你到来已无一人，
除了一丛卫矛，白色野草莓，
油漆的窗户。
此为你现身之处，当我们离去，
你充满疑虑，像是复仇——
只能谈谈足球，我们输得很惨。
过分的天空。
金钱不服从忍耐。我们间的某人

изводит — имя, склонение. Неким

доступно одно сновиденье, другим два:

различия никакого — одно им видится: чердак,

жара лета, медлительные руки,

снимающие паутину с ладони ветра.

抽出——名字，偏差。某人
只有一个梦境，另一人有两个：
没有任何差异，他们所见相同：阁楼，
暑热，缓慢的手，
　　　　这双手在风的掌心摘除蛛网。

Ослабление признака

Видеть этот камень, не испытывая нерешительности,
видеть эти камни и не отводить взгляда,

видеть эти камни и постигать каменность камня,
видеть все каменные камни на рассвете и на закате,

но не думать о стенах, равно как о пыли
или бессмертии,
видеть эти камни ночью и думать
о грезах осей в растворах,

принимая как должное то, что при мысли о них камни
не добавляют своему существу ни тени, ни отсвета,
ни поражения.

Видеть эти же камни в грозу и видеть,
как видишь зрачки Гераклита, в которых
безразличие камня подробно, подобно щебню.

Рассматривать природу подобий,

征兆的衰减

看着这块石头，同时不感觉犹豫，
看着这些石头，不要掉转视线，

看着这些石头，理解石头的石头性，
看着所有的石质石头，在日出和日落，

但是别去想墙壁，也别想灰尘
或不朽，
看着这些夜间的石头，想着
轴心在溶液中的幻想，

将此当作必然，石头在想到它们时
不会为自己的存在添加阴影、反光
和失败。

看着这些雷雨中的石头，看着，
就像看赫拉克利特的瞳孔，其中，
石头的冷漠很详尽，就像碎石。

观察相似物的天性，

не прибегая к симметрии. Отвернуться и видеть,
как камни парят и крылья им — ночь,

и потому они выше, чем серафимы,
летящие камнем к земле, горящие в воздухе,
словно чрезмерно длинные волосы, —

к земле, которая в один прекрасный момент
ляжет последним камнем в основу
избыточного вещества, —
как долго еще означаемым тлеть на меже углем инея?
Столько же, сколько камням, которые снятся падению.
Раньше к весне под стропилами
ос вскипали жаркие гроздья.
Прежде весной просыпался песок,
по ветру стлался спиралью,

тысячеокий, как снег или наскальный бог, — иногда
ястреб воздушных набегов
в непрерывные страны алфавита об одной букве.

Лишь гримасой по краю, в растительных жилах,
слепою розой, вспышкой плененный кристалл,

别寻求对称。转过身去，看着

　　石头如何滑翔，夜是它们的翅膀，

因此，它们高过六翼天使，

石头般飞向大地，在空中燃烧，

　　　　像长度过分的头发——

飞向大地，大地在美好的瞬间将躺下，

像最后一块石头，作为

多余物质的基础——

界限内被探明的白霜煤炭还要阴燃多久？

与倾塌所梦见的石头一样久。

早春，滚烫的果实

在黄蜂的横梁下翻滚。

春天，沙子首先醒来，

在风中展开螺旋线，

像雪花和岩画上的神有千只眼，时而，

　　　　　　　　　　　　　　　　空袭的鹰

在连续的国家，即一个字母的字母表。

只有像鬼脸，在边缘，在植物的血管，

像瞎眼玫瑰，被闪光俘获的水晶，

будто морем присвоенный остров.

Может быть, подземной травой над ручьистой стопою,

но вступающий в обводы двоения,

в острую окись разрыва.

Что он? Как переводится?

Какова мера прошлого?

Откуда?

Повод?

Да, не слышу: такова тетива маятника.

Глазного яблока дрожь.

Узкий парус пустыни.

　　　　　　　　像被大海攻占的岛屿。

或许，像泉水践踏的地下草，
但走进双重轮廓，
　　　　　　　走进爆炸的刺鼻氧化物。

　　　　它是什么？怎么翻译？
　　　　过去的尺度何样？
　　　　自何处来？
　　　　缘由？

是的，我听不清：钟摆之弦即如此。

眼球的颤动。

荒漠的窘帆。

* * *

Возможно, в этом году первый снег иной,
нежели в прошлом; однако в состоянии ли быть другим то,
что является лишь формами смутно ощущаемого
превращения, обретающими, впрочем, со временем
особую неприметность условия пейзажа.

Двоеньем оконным стекол
остановлен полуденный снег,
далее — тающая зрачка распря.
Пространства; изъято из предстояния.
Под стать птице из собственного следа.

可能，今年的初雪不同于……

可能，今年的初雪不同于
往年；但能否成为另一种，
仅为朦胧可感的变化之形式，
而且，这形式与时间一起
获得了风景条件的特殊隐蔽。

窗玻璃的重影，
阻止了正午的雪，
随后是瞳孔融化的争吵。
空间；展示被取缔。
像鸟儿被取缔它的痕迹。

* * *

Не сон, а цветение невидимого остатка, —
что проще в краю, где в глубинах глазного яблока
восходит над озером озеро.
Сумма форм, вынесенных за пределы вещи,
как трещина за пределы пространства.
Погода—единственное, во что переходит время.

Паводок вечера. Петли листвы клейкой,
детские вскрики в дельте. История начиналась
безоговорочно, слухом, раковиной в пальцах.
Кровь, вкрапленная в камни,
заточенная в частицы кварца, —
вновь дарует длинную жадность корню
в этой холмистой местности: смотрим издалека:
деревья те же. Отличаются начертаньем листа,
а также степенью смерти.

Имена приходят позднее, наподобие тетрадей,
лагун, ламп, мела. Много спустя в привычной речи
«сейчас» встречается со словом «сейчас».

不是梦……

不是梦，而是无形残余的盛开，
在边缘更简单，在眼球的深处，
湖在湖面上升起。
超越物质界限的形式之总和，
就像超越空间界限的裂纹。
天气是时间能够进入的唯一去处。

夜晚的缰绳。黏树叶的环，
三角洲上孩子的叫喊。故事开始，
毫无保留，如传闻，如指间的贝壳。
溅在石头上的血，
被囚禁于石英的微粒——
重新赐予树根长长的贪婪，
在这片山冈：我们远远地看着：
树还是那些树。叶的轮廓不同，
还有死亡的程度。

名字稍后到来，像笔记本、潟湖、
灯泡和粉笔。很久之后在普通话语里，
“现在”与“现在”一词相遇。

Чему не сыскать ответа ни в едином молчании,

промедлении, ни в одном отголоске безоговорочной,

призрачной и все же — истории.

Время которой стало погодой, расширеньем предмета.

Впрочем, пока еще не решил,

где лучше глазами с тобою встречаться. В зените?

Там зияние вселяет надежду, совершенно_слепяще.

Либо в низинах, где ты и туман не отличны ни в чем,

И потом, никогда стопу здесь не тронет тропа

бесшумного щебня.

找不到答案，无论在一致的沉默
和拖延，还是在无保留的、
虚幻却实在的故事之回声。

其时间成为天气和对象的拓展。
不过，我尚未决定，
目光最好在哪里与你相遇。在顶峰？
缺口在那里派生希望，让人目眩。
要么在低处，你在低处与雾混淆，
随后，无声碎石小道在这里永远不会
触及脚掌。

За шесть часов до пробуждения (если не спать)

Lyn Hejinian

Уже не собрать всех пустых бутылок,
игл, наперстков, денег ...
Не понять, где луч, а где стальная нить,
протянутая поперек дороги, опять-таки, непременно
у остановки наискось, где киоск прокисший, как небо,
как — остальное, то, что касается нёба,
вознося в себе сложную и довольно складчатую
материю несуществования.
Кокон, тьма, а в заикании — молния и изгнание.
Не такова 39-я гексаграмма. Не собрать также,
если не ошибаюсь, ягод;
ни брошенных где попало галстуков.
Не написать оды на восхождение пыли.
Не рассказать на ухо «как бы хотелось». Однако
можно, — да, действительно, —
остается еще вероятность идти,

醒来前六小时（如果不睡）

致林恩·哈吉莲[1]

已不再收集所有的空瓶子，
针，顶针，钱……
不明白哪儿有光，哪儿有钢丝，
穿过道路，再一次无疑，斜对面的
公交站旁，那儿的小铺馊了，像天，
像触及上颚的其余一切，
在其中抬起复杂的、相当多褶的
不存在之物。
茧，黑暗，口吃中有闪电和流亡。
第 39 颗六角星并非如此。我若没错，
你也别去采摘浆果；
或随处乱扔的领带。
别为扬尘书写颂诗。
别对着耳朵说“我多想”。但是
可以——的确可以——
行走的可能性依然存在，

---

1 1941 年生，美国女诗人，语言诗歌代表之一。

не разбивая стекол лбом, не разрывая на части
цветную бумагу, билеты на край света,
либо пустую марлю, —треск ее сух, как утренние
циферблаты, пожирающие кузнечиков.
Как упования—тибетские мельницы.
Эти белые жернова ласковы, точнее, сдержанны,
но обезвожены более чем чрезмерно.
И дуновение ветра не приносит отрады.

别用额头撞玻璃，别撕碎
彩色的纸，去天边的票，
或空纱布——其撕裂声干燥，
像清晨的钟表吞噬蟋蟀。
像期望，西藏的磨坊。
这白色的磨盘很温柔，或曰节制，
但它缺水甚于过分。

风并未吹来喜悦。

Счет

Я считал богов, как месяцы, по косточкам рук,
жилам лун, тыльным суставам, я считал камни ногами,
ощущая их под подошвами, также и углем ступней.
Возникает странная задача
просчитать твое присутствие пальцами,
Когда ты в одежде или без нее
или же когда что-то уходит из-под рук,
Как облако, которое убивают в прищуре,
когда ничего не приходит взамен. Что остается?

Разъеденная присутствием фотография, ветер стрижей,
сор в глазах? Лишь только счет мелких богов,
семенами павших к разрозненным пальцам.

计数

我计数诸神像计数月份，扳着指头，
凭借月亮血管和背部关节，我用腿数石头，
用脚掌感觉，也靠步伐的角度。
出现一个奇怪的任务，
用指头数清你的到场，
当你穿衣或是裸体，
　　　　　　　　　或有什么东西脱离手心，
像云，被人眯着眼睛射杀，
当没有任何东西来替代。还留有什么？

被到场腐蚀的照片，雨燕的风，
眼中的垃圾？只是对小神的计数，
　　　　　　他们像种子落向零散的指头。

Вечер

Приходят мертвые и говорят: «Ты—живой».
Действительно, это не просто так,
не показалось с первого взгляда. Тогда?—
говорят мертвые, —садись напротив.

У мертвых всего много; и бутылок мертвого пива также.
У мертвых много мудрости. Это я тоже знаю.
Они имут по именам тех, кто включает свет
и во многом толк также.
У меня—ничего. Я читаю книгу. Про что?
Зачем ты читаешь книгу? Почему пьешь вино
и не думаешь, как нам, мертвым, жить?
Почему ты жнешь колосья и пожираешь хлеб,
когда мы едим один мак.

Потому что я читаю книгу, когда в книге сумрак
и мрак становятся единственным светом,
в котором память рушится, словно стропила,
если к ним на долгий срок поднести свечу,
потому что противительный союз обладает покуда

傍晚

死人走来说："你是活人。"
的确，事情不这么简单，
不似第一印象。"那时？"
死人说，"请你坐在对面。"

死人有很多东西；酒瓶也有死啤酒。
死人有很多智慧。这我也清楚。
他们根据那些开灯人的名字，
　　　　　　　也弄清很多东西。
我却一无所有。我在读书。什么书？
你为何读书？你为何喝啤酒，
　　　　　而不思考我们死人如何生活？
你为何揉麦穗，吃面包，
　　　　　　当我们只吃罂粟。

因此我在读书，当书中的
朦胧和黑暗成为唯一的光，
记忆在其中倾塌，像房梁，
如果长期把蜡烛端近它，
因此转折连词还具有力量，

силой, а мята наутро в поту и лед тает в руке.

И ты еще знаешь, как трудно. Не сказать, но сказать,

не себе, а дальше.

Это не по зубам мертвым.

薄荷清晨出汗，冰在手中融化。

你还清楚有多难。别说，但说，

别说给自己，而继续。

这不根据僵死的牙齿。

Буквы

Допустим, все же латунь, окись, осень,
но, бесспорно, взгляд сам кажется сном.
Напыленный соответствующим образам
в область завораживающего сходства —
Но и во сне возможно опьянение различного рода
(казалось бы, невнятными ...)
смещениями, безо всякой причины предстающими
(здесь сравнение исключено)
шепоту. Не помню, когда в первый раз,
то есть в последний, видел лишайник
или щавель, оставь меня, не переходи улицу,
не черти на стене линий мелом, все равно не видно.
Это относится также к птицам,
и не вздумай перечить, мол, все это потому,
что я напоминаю кого-то, а тот кого-то еще.
Боги знают, как падают капли
и разбиваются огромные стекла ливней.
Они также знают, где тьма расходится с кругом.
Но что-то в моей голове не мирится ни с богами,
ни с птицами — странным образом они гаснут

字母

我们假设，尽是黄铜、氧化物和秋天，
但是毫无疑问，视线自身感觉像梦。
把尘土撒向相应的形象，
在充满诱惑的相似区域——
但梦中也可能有各种陶醉
（似乎词不达意……）
移动，毫无缘由地面对
（此处删去一个比喻）
耳语。我不记得，何时首次，
亦即最后一次，见到苔藓
或酸模，放过我，别横穿马路，
别在墙上画白线，反正看不见。
这也同样适用于鸟，
别试图计数，据说这是因为
我提起某人，他又提起某人。
神祇知道，水滴如何坠落，
暴雨的巨大玻璃如何粉碎。
他们还知道，黑暗在何处与圆相遇。
可我脑中有什么既难容于神祇，
又与鸟抵触，这两者奇怪地消失于

на слепящей чешуе зрения.

Таков миг прикосновенья к отсутствию.
Хоть уголь ешь или пой под забором,
или же гимны возноси холмам, где кукурузы
стволы дымны от сырости на закате.
Остального не разобрать в тетради.
Если покидать, то всё. Не снизывая,
словно бирюзу с паутины,
но срезая как трубчатую нить воды.

耀眼的视线鳞片。

触及缺席的瞬间即如此。
即便还有煤，或请你在墙下歌唱，
或请你歌颂山冈，那儿的玉米秆
因为潮湿在夕阳中烟雾腾腾。
其余的东西无法整理进笔记本。
如果离去，便结束。别下降，
像蛛网上的绿宝石，
但要切割水的管状线。

* * *

Цвет твоих волос

Не совпадает с глазами

Глаза не совпадают с приметами

Ничто не совпадает, —ни дождь

Ни стекло с дождем, —следует ли

отвернуться?

чтобы увидеть, как совпадение совпадает

с прикосновеньем иглы. И точность

невпопад обрушивает песок и влагу

в легкую накипь исчисления линз,

что числа не имеет, подобно навыку,

наученью труду разведения в стороны

концов с концами, литеры с литерой,

восклицания на привязи у признания.

Уверен, никто не произнес слова «вниз».

你头发的颜色……

你头发的颜色
与眼睛不相符
眼睛与对象不相符
什么都不相符——无论雨
还是玻璃和雨——是否需要
转身？
为了看见，相符与针的
触及相符。精确性
不恰当地将沙和水撒向
晶状体运算的轻盈水锈，
没有数，就像习惯，
像学会分置的手艺，分离
终端与终端，符号与符号，
被相认拴住的惊呼。
肯定无人会道出“向下”一词。

* * *

Но, как в теле любого

живет глухонемой ребенок

(каплевиден, —

зло верит в Бога), —

бирюзы провалы, —

март ежегодно

разворачивает наст сознания,

перестраивая облака

в иное, опять в иное письмо:

вновь невнятно.

Меня больше там,

где я о себе забываю.

Нагие,

как законы грамматики,

головы запрокинув.

但是，每个人体内……

但是，每个人体内
都活着一个聋哑婴儿
（水滴形状——
恶信仰上帝）——

绿松石的失败——

三月每一年
都扩展意识的冰层，
把白云改编为
一封又一封书信：

还是看不懂。

我更大，
在忘却自我之地。
赤裸裸，
像语法规律，

后仰着脑袋。

Бумажные сны

to Gerome Rothenberg

Черной бумаге снится
ее же неслышный шелест,
ее отражение в белом.
Зной наблюдает зной дремотно
сквозь стекло страсти.

Метаморфозы влаги.
До мозга кости,
пронося отражения,
высыхают зеркала капель.

Черной бумаге снится
черное: сон ограничен
природой не-цвета.
Сквозь мембрану—
средоточия повторений,

纸梦

致杰罗姆·罗森伯格[1]

黑色的纸梦见
它无声的窸窣，
它在白色中的倒影。
暑热惺忪地打量暑热，
透过激情的窗玻璃。

水分的变形。
抵达骨髓，
带来倒影，
水滴的镜子在干燥。

黑色的纸梦见
黑色：梦受制于
无色的自然。
穿过薄膜，
重复的核心，

1　1941 年生，美国诗人。

сквозь тело — игла летает,

лишенная нити, тления.

Тень — на кирпичных стенах.

Гематрия таянья,

исключений.

Букве снится тот же

бумаги шелест,

в котором слух различает

очертанья поэта,

которому снятся хасиды,

на камнях океана

догорающие страницей пения,

сводящего гласные к жесту.

Сну снится сон о согласных, —

странице,

где черное принимает

пределы надреза,

границы буквы, слюды, света.

Я люблю ртом прикасаться

к татуировке твоего предплечья,

(календарный вихрь ацтеков),

чтобы слово открылось слову.

穿过躯体，针在飞，
失去了线和腐烂。
影子在黑色的墙上。
融化的阐释，
阐释例外。

字母也梦见
纸张的窸窣，
听觉在其中区分
诗人的轮廓，
诗人梦见犹太教徒，
他们在海洋石头上
像张歌谱似的燃烧，
歌唱使元音接近手势。
梦境梦见了辅音——
一张纸，
黑色在纸上接受
刻痕的极限，
字母、云母和光的界限。
我喜欢用嘴巴触及
你前臂的文身，
（阿兹特克人的日历旋风），
为了让单词发现单词。

Чтобы купить вина,
опять не хватает денег,
изображений песка и ветра.

Каждый сон, открывая
видений соты,
вовлекает в движение нити:
пальцы, скользящие вниз,

(Guétat-Liviani-Frédérique)

прядут паутину, —
нежность насилия —
воздушную ткань узнавания
в пристальности и указании.
Каким бы тишайшим ни был
твой голос.
Какой бы неуверенной казнью
ни полнил он совпадения.

Пальцам скважины пения
снятся, источаемые камнями,
которые видят во снах

为了买酒，
钱还是不够，
缺乏沙和风的形象。

每个梦都能发现
影像的蜂巢，
让线运动起来：
指头向下滑动，

(Guétat-Liviani-Frédérique)

在编制蛛网——
　　　　　　　　这暴力的温柔——
辨认的缥缈织物
置身专注和指认。
无论你的声音
　　　　　　　　多么细微。
无论它以多么迟疑的死刑
填充吻合。

手指梦见歌唱的孔，
孔洞由石头磨出，
它们在梦中看见

соли лазурные солнца,
лезвия свист, воды ветвь,
которые видят во снах
кожу, небесные кости, зубы,
татуировку невнятной речи
на знаменах дыхания —
таковы

прикосновения языка к языку,
а также слюны к нему;
таковы разведенные руки и ноги
мужчины и женщины —
золотое сечение на обложке книги, —
которым снятся страницы,
по которым шествует ночь,
и она речи снится,
как тяжелого света горло
и бесконечная лента знака,
опоясывающая собою
сводящих медленно руки,
будто что-то еще
нащупывают пальцы в излуке.
Пустыня,

蔚蓝的太阳盐，
刀刃的口哨，水的枝桠，
它们在梦中看见
皮肤，上颌骨，牙齿，
含混话语的文身
在呼吸的旗帜上——
就这样

舌头与舌头触及，
唾液也触及舌头；
就这样，男人和女人
伸展手和脚——
封面上的黄金分割——
它们梦见纸张，
夜在纸上前行，
话语梦见夜，
它像沉重光芒的喉咙
和信号的无尽条带，
条带缠绕起
缓慢牵手的人，
手指似乎还在
弧线中摸索什么。
荒漠，

заключенная в прикосновении.

Все перечисленное
во снах вино созерцает,
переходящее в уменьшение
по ступеням развеществления,
(неторопливое повествование),

и я, разглядывающий его,
живущее в стеклянных пределах,
как нити
сращения в прикосновении,
из пальцев падающие
к куклам побега
в садах полуденных пыток.
Знак — тьмы тишайшая бритва.
У вина нет ни «право»,
ни «лево». У смерти
нет имени, она — только список,
всплеск обоюдозрячего зеркала,
в котором знак равенства стерт

до различения
между мужчиной и женщиной.

被囚禁于触及。

葡萄酒在梦中静观
罗列的一切,
它们转入缩小,
沿着非物质化的台阶,
(从容的叙述),

我也细看着酒,
它活在玻璃界限中,
就像线
在触及中融合,
自手指落向
奔跑之木偶,
在正午酷刑的花园。
信号,最静音的黑暗剃刀。
葡萄酒没有“右”
和“左”。死亡
无名无姓,它只是账本,
双面镜子的溅出,
镜中的等号被擦去,

直到区分
男人和女人。

Быстрое солнце

the sun moves so fast

Gertrude Stein

Никто не ждет ее,
однако звучит — «вот, наступает осень»,
misterium fascinosum, и завесы косых холодов, туманы,
вскипающие к чаше вещей
из створов птичьих зрачков, глядящих долу,
развернутые паруса плодов,
                    почернелые фасолевые стручки,
несмутные небесные головы в летейских нимбах
ботвы вернут вновь очарование низинам.

Словно некие путники, опускаясь с пятнистых холмов,
рты чьи светлы смолистой сухой пустотой,
на короткое время оживут за спиною
(рассохшейся крови подобно в висках
или как пальцы, что, не касаясь ни плоскости,
завершающей вещь, ни листа, сходятся в угол усилия,
начал приостанавливая насилие), чтобы

快太阳

the sun moves so fast

Gertrude Stein

无人在等她，
但是有声："瞧，秋天来了"，
misterium fascinosum，斜眼寒冷的帘幕，雾，
涌向物的盆地，
源自凝望山谷的鸟瞳孔的瞄准线，
果实展开的帆，
　　　　　　发黑的豆荚，
清晰的天空脑袋头戴麦草的忘川光环，
把诱惑又还给了下界。

就像某些路人，走下斑驳的山冈，
嘴巴像空洞的松香一般亮，
在身后短暂地复活
（凝固的血像在太阳穴，
或像指头，不触及终结物体的平面
和纸张，聚集在使劲角落，
开始制止暴力），为了

застыть подобно звучанию восточного ветра

среди виноградно горящих снопов.

Избирается сепия, серп, пурпур, багрянец.

Где снова однообразно звучит

то, как «вода, уносящая отражения,

льнущим вдохом травы приблизится к сердцу».

凝固，如燃烧的葡萄捆间

　　　　　　　　　　东风的呼号。

选出了墨鱼、镰、紫红和深红。

那儿又响起单调的声音：

“带走倒影的水流近心灵，

　　　　　　　　如青草依偎的叹息。” 同义反复

* * *

Только то, что есть,

и есть то, что досталось

переходящему в области

где не упорствует

больше сравнение.

只有存在的东西……

只有存在的东西,
能被过渡者获得,
在他的领域,
比喻不再
固执己见。

Элегия на восхождение пыли

... восходит медленно,

течет однообразно.

Пока, одетый глубиной оцепененья,
невинный корень угли пьет зимы
(как серафимы жрут прочь вырванный язык,
стуча оконными крылами),
и столь пленительны цветут — не облаков —
системы сумрачные летоисчислений.
Весы весны бестенны, как секира мозга,
и кровь раскрыта скрытым превращеньям
как бы взошедшего к зениту вещества,

откуда вспять, к надиру чистой речи,
что в сны рождения уводит без конца
и созерцает самое себя в коре вещей нерасточимых.
Да будет так: в скольжении стрижа.
В мгновенье ящерицы, прянувшей из тени, —

разрыв как вдох тогда, не знающий греха,

扬尘之哀歌

……它缓慢扬起，
单调地流淌。

此时，身着倦怠之深刻，
无辜的根饮用冬天的煤，
（如天使吞噬伸出的舌头，
扇动窗户般的双翼），
花儿开得多么诱人，不是云，
是计数岁月的阴郁体系。
春的天平无暗影，像斧劈大脑，
鲜血敞向隐在的变化，
像一个升向顶点的物，

然后又落回纯粹话语的天底，
领人进入无止境的诞生梦，
在完整物质的外壳中静观自我。
但愿如此：在雨燕的滑行。
在跃出阴影的蜥蜴的瞬间——

裂痕像不知罪过的吸气，

двоенья нить пряма, в единство уводима;
разрыв как выдох или различенье,
чьи своры означающих, дрожа,
в неосязаемом и хищном рвеньи
узоры исключений сухо ткут.

Пока все равенство не тронуто громами,
червями молний, раздирающими ткани
на рыбьи пряди жажды, камеди и гари
у дельты севера дотла прозрачных рек,
озер запавшие, дичающие чаши
извечным сочетаньем капиллярной влаги
срастили, похищая, знаки дня и дна,
сосну повергнув в пристальность песка
и паутиною подобий связав бездонный ветра свод
с ресничной колкою войною
в труде скалистом животворной ночи,
морские травы чьи издревле проницают
слои богов, изустные, в смещении стихий,
а также бирюзу между огнем и домом,
что наваждением восторга вновь томим.

Весны истории ... История весны —

分割的线笔直，走向统一；
裂痕像呼气或区分，
他那群说明者颤抖着，
怀着难以捉摸的肉食激情，
枯燥地编织例外的图案。

趁平衡尚未被雷声触动，
被撕扯织物的闪电蛆虫触动，
撕成渴望、树汁和煤渣的碎片，
在清澈河流的北方三角洲，
湖的低处，荒芜的碗，
以毛细血管水分的古老组合
编织，劫走岁月和湖底的符号，
把松树插入沙土的专注，
用相似的蛛网将风的无底苍穹
与睫毛的刺人战争相捆绑，
在生机勃勃夜晚的陡峭劳作中，
海洋的草自古渗入
神祇的地层，在元素的位移中口授，
还有火与房屋间的绿松石，
我们再次因喜悦的强迫而难受。

历史的春天……春天的历史——

Куда как дар сей бестолков и скуден,
и несмотря на то величием сравним
подчас с могучей статью раскаленной пыли,
с блистающей, язвящей чешуей
в зеркальных брызгах воскресенья
(признанье следует: элегии ... закон ...)
или со смыслом, пренебрегшим мыслью, —

в лавине шелеста и жадных величин,
простертых сетью инея, числом неодолимый,
он веществу конец догадкою окна,
в котором пьяные от зноя облака
стоят в предвосхищеньи темных ливней.

В теченье шелеста, в скольжении стрижа.

«Я не ищу пощады». — Теплится едва
по краю наслаждения строкою,
сшивающий не это и не то.
Пусть будет ночь следа прозрачна, как слюда,
опущенная в ночь. Пусть будет ночь залива
как холст, что равновесием расшит —
слюною шелка с коконов умерших,

这份赐予多么杂乱微薄，
尽管我们立即用庄严
比拟炽热尘土的强大身躯，
比拟复活的镜子飞沫中
闪亮、有毒的鳞片
（应该承认：哀歌……法律……）
或比拟意义与忽视的想法——

在窸窣和贪婪巨人的洪流，
伸出霜的网，难以计数，
它是物的终结，像窗的谜语，
因暑热而醉的云
站着防备黑暗的暴雨。

在窸窣的洪流，在雨燕的滑行。

"我不寻求宽恕。"稍有暖意，
针脚滑过快感的边缘，
缝起了非此和非彼。
但愿痕迹的夜透明如云母，
落入黑夜。但愿海湾的夜
如画布，绣满平衡——
从死者之茧中流出的丝绸唾液，

но тождества весны! Сны языка огромны.

И пыль, по ним скитаясь вне имен,

восходит медленно простым развоплощеньем,

неуловима и бессонна, как «другой»,

в словесном теле чьем «я» западней застыло.

但春天的身份！语言的梦巨大。
尘埃，无名无姓地滑过梦，
缓慢地扬起，像普通的化身，

如“他者”难以捉摸，无梦，
在其语言躯体中，“我”像一个陷阱。

* * *

Пустые крыши

Пустые словари

Пустая ночь — стрижи —

Цитата: «на вершине горы»

Сквозь стены

Изморось

                    речной туман — май

Пишет: молниеносное явление листа

                              не застигнет врасплох

Явление зелени

                              не из ожидания зеленого

Луна появляется не в стекле

Ни тени завтра

Берега

Двоение

空的屋顶……

空的屋顶

空的字典

空的夜——雨燕——

引文："在山顶"

穿过墙壁

毛毛雨

　　　　河上的雾——五月

写道：带有闪电的树叶现象

　　　　　　　　不会意外撞见

绿荫现象

　　　　　并非出于绿色的期待

月亮不在玻璃中现身

明日无影

两岸

双影

德拉戈莫申科创作年表简编

刘文飞　编译

1946 年　2 月 3 日生于德国波兹南市，童年和青少年时期在乌克兰的文尼察度过。

1964 年　进入文尼察师范学院语文系。

1967 年　在文尼察的电台和地方小报做记者。

1969 年　在列宁格勒戏剧音乐电影学院戏剧学系学习，同时开始写诗和翻译英文诗作，毕业后在斯摩棱斯克和列宁格勒的剧院任文学编辑。

1974 年　任独立文学奖安德烈·别雷奖评委。

1976 年　开始在地下文学刊物发表作品，长期参与编辑文学刊物《钟表》。

1978 年　因长篇小说《房子和树木间的位置》成为安德烈·别雷奖首位小说奖得主。

1980 年　任教于列宁格勒大学。

1985 年　开始在正式报刊杂志上发表文学作品。

1989 年　在科学院项目出版社任编辑。

1990 年　第一部诗集《天空的应和》由列宁格勒苏联作家出版社出版。

英文版诗集《描述》由美国日月出版社出版。

1993 年　英文版诗集《克谢尼娅》由美国日月出版社出版。

俄文版诗集《克谢尼娅》由圣彼得堡波列依艺术出版社出版。

1994 年　诗集《猜疑》由圣彼得堡波列依艺术出版社出版。

《磷》由圣彼得堡西北出版社出版。

1995 年　因为《磷》中的诗作获电子期刊《后现代文化》颁发的电子文本奖。

在加州大学圣迭戈分校任教。

1996 年　编译《当代美国诗选》。

1997 年　长篇小说《中国太阳》由圣彼得堡波列依艺术出版社出版。

在纽约大学布法罗分校任教。

1999 年	任教于纽约大学。
2000 年	诗选集《描述》由圣彼得堡人文科学院出版社出版。
2005 年	英文版《中国太阳》由纽约 UDP 出版社出版。
	诗集《在被取缔之河的岸边》由莫斯科 ОГИ 出版社出版。
	编译《当代新西兰诗选》。
2007 年	中短篇小说集《冷漠》由圣彼得堡波列依艺术出版社出版。
2008 年	诗文集《尘埃》由伦敦达尔基档案出版社出版。
2009 年	与玛格丽特·梅克林娜合作的诗文集《POP 3》由卢卢出版社出版。
	获银子弹国际文学奖。
2011 年	诗文集《同义反复》由莫斯科新文学评论出版社出版。
	中文版诗集《同义反复》由牛津大学出版社（中国）有限公司出版。